Émile DURKHEIM

Représentations individuelles et représentations collectives

Représentations individuelles et représentations collectives [1]

---

[1] Publié dans la *Revue de Métaphysique et de Morale, tome* VI, numéro de mai 1898.

Si l'analogie n'est pas une méthode de démonstration proprement dite, c'est pourtant un procédé d'illustration et de vérification secondaire qui peut avoir son utilité. Il n'est jamais sans intérêt de rechercher si une loi, établie pour un ordre de faits, ne se retrouve pas ailleurs, *mutatis mutandis*; ce rapprochement peut même servir à la confirmer et à en faire mieux comprendre la portée. En somme, l'analogie est une forme légitime de la comparaison et la comparaison est le seul moyen pratique dont nous disposions pour arriver à rendre les choses intelligibles. Le tort des sociologues biologistes n'est donc pas d'en avoir usé, mais d'en avoir mal usé. Ils ont voulu, non pas contrôler les lois de la sociologie par celles de la biologie, mais induire les premières des secondes. Or de telles inférences sont sans valeur ; car si les lois de la vie se retrouvent dans la société, c'est sous des formes nouvelles et avec des caractères spécifiques que l'analogie ne permet pas de conjecturer et que l'on ne peut atteindre que par l'observation directe. Mais si l'on avait commencé par déterminer, à l'aide de procédés sociologiques, certaines conditions de l'organisation sociale, il eût été parfaitement légitime d'examiner ensuite si elles ne présentaient pas des similitudes partielles avec les conditions de l'organisation animale, telles que le biologiste les détermine de son côté. On peut même prévoir que toute organisation doit avoir des caractères communs qu'il n'est pas inutile de dégager.

Mais il est encore plus naturel de rechercher les analogies qui peuvent exister entre les lois sociologiques et les lois psychologiques parce que ces deux règnes sont plus immédiatement voisins l'un de l'autre. La vie collective, comme la vie mentale de l'individu, est faite de représentations ; il est donc présumable que représentations individuelles et représentations sociales sont, en quelque manière, comparables. Nous allons, en effet, essayer de montrer que les unes et les autres soutiennent la même relation avec leur substrat respectif. Mais ce rapprochement, loin de justifier la conception qui réduit la sociologie à n'être qu'un corollaire de la psychologie individuelle, mettra, au contraire, en relief l'indépendance relative de ces deux mondes et de ces deux sciences.

I

La conception psychologique de Huxley et de Maudsley, qui réduit la conscience à n'être qu'un épiphénomène de la vie physique, ne compte plus guère de défenseurs ; même les représentants les plus autorisés de l'école psychophysiologique la rejettent formellement et s'efforcent de montrer qu'elle n'est pas impliquée dans leur principe. C'est qu'en effet la notion cardinale de ce système est purement verbale. Il existe des phénomènes dont l'efficace est restreinte, c'est-à-dire qui n'affectent que faiblement les phénomènes ambiants; mais l'idée d'un phénomène additionnel, qui ne sert à rien, qui ne fait rien, qui n'est rien, est vide de tout contenu positif. Les métaphores mêmes que les théoriciens de l'école emploient le plus fréquemment pour exprimer leur pensée, se retournent contre eux. Ils disent que la conscience est un simple reflet des processus cérébraux sous-jacents, une lueur qui les accompagne, mais ne les constitue pas. Mais une lueur n'est pas un néant : c'est une réalité et qui atteste sa présence par des effets spéciaux. Les objets ne sont pas les mêmes et n'ont pas la même action selon qu'ils sont éclairés ou non ; leurs caractères mêmes peuvent être altérés par la lumière qu'ils reçoivent. De même, le fait de connaître, fût-ce imparfaitement, le processus organique dont on veut faire l'essence du fait psychique, constitue une nouveauté qui n'est pas sans importance et qui se manifeste par des signes appréciables. Car plus cette faculté de connaître ce qui se passe en nous est développée, plus aussi les mouvements du sujet perdent cet automatisme qui est la caractéristique de la vie physique. Un agent doué de conscience ne se conduit pas comme un être dont l'activité se réduirait à un système de réflexes : il hésite, tâtonne, délibère et c'est à cette particularité qu'on le reconnaît. L'excitation extérieure, au lieu de se décharger immédiatement en mouvements, est arrêtée au passage, soumise à une élaboration *sui generis,* et un temps plus ou moins long s'écoule avant que la réaction motrice apparaisse. Cette indétermination relative n'existe pas là où il n'existe pas de conscience, et elle croît avec la conscience. C'est donc que la conscience n'a pas l'inertie qu'on lui prête. Comment, d'ailleurs, en serait-il autrement ? Tout ce qui est, est d'une manière déterminée, a des propriétés caractérisées. Mais toute propriété se traduit par des manifestations qui ne se produiraient pas si elle-même n'était pas ; car c'est par ces manifestations qu'elle se définit. Or, qu'on appelle la conscience du nom qu'on voudra, elle a des caractères sans lesquels elle ne serait pas représentable à l'esprit. Par conséquent, du moment qu'elle existe, les choses ne sauraient se passer comme si elle n'existait pas.

La même objection peut encore être présentée sous la forme suivante. C'est un lieu commun de la science et de la philosophie que toute chose est soumise au devenir. Mais changer, c'est produire des effets ; car le mobile même le plus passif ne laisse pas de participer activement au mouvement qu'il reçoit, ne serait-ce que par la résistance qu'il y oppose. Sa vitesse, sa direction dépendent en partie de son poids, de sa constitution moléculaire, etc. Si donc tout changement suppose dans ce qui change une certaine efficacité causale et si, pourtant, la conscience, une fois produite, est incapable de rien produire, il faut dire que, à partir du moment où elle est, elle est hors du devenir. Elle resterait donc ce qu'elle est, tant qu'elle est ; la série des transformations dont elle fait partie s'arrêterait à elle ; au-delà, il n'y aurait plus rien. Elle serait, en un sens, le terme extrême du réel, *finis ultimus naturae.* Il n'est pas besoin de faire remarquer qu'une telle notion n'est pas pensable ; elle contredit les principes de toute science. La manière dont s'éteignent les représentations devient également inintelligible de ce point de vue; car un composé qui se dissout est toujours, à quelques égards, facteur de sa propre dissolution.

Il nous paraît inutile de discuter plus longuement un système qui, pris à la lettre, est contradictoire dans les termes. Puisque l'observation révèle l'existence d'un ordre de phénomènes appelés représentations, qui se distinguent par des caractères particuliers des autres phénomènes de la nature, il est contraire à toute méthode de les traiter comme s'ils n'étaient pas. Sans doute, ils ont des causes, mais ils sont causes à leur tour. La vie n'est qu'une combinaison de particules minérales ; nul ne songe pourtant à en faire un épiphénomène de la matière brute. Seulement, une fois cette proposition accordée, il faut en accepter les conséquences logiques. Or, il en est une, et fondamentale, qui paraît avoir échappé à de nombreux psychologues et que nous allons nous attacher à mettre en lumière.

Il est devenu presque classique de réduire la mémoire à n'être qu'un fait organique. La représentation, dit-on, ne se conserve pas en tant que telle ; quand une sensation, une image, une idée a cessé de nous être présente, elle a, du même coup, cessé d'être, sans laisser d'elle aucune trace. Seule, l'impression organique qui a précédé cette représentation ne disparaîtrait pas complètement : il resterait une certaine modification de l'élément nerveux qui le prédisposerait à vibrer de nouveau comme il a vibré une première fois. Qu'une cause quelconque vienne donc à l'exciter, et cette même vibration se reproduira et, par contrecoup, on verra réapparaître dans la conscience l'état psychique qui s'est déjà produit, dans les mêmes conditions, lors de la première expérience. Voilà d'où proviendrait et en quoi consisterait le souvenir. Ce serait donc par suite d'une véritable illusion que cet état renouvelé nous paraît être une revivification du premier. En réalité, si la théorie est exacte, il constitue un phénomène tout nouveau. Ce n'est pas la même sensation qui se réveille après être restée comme engourdie pendant un temps ; c'est une sensation entièrement originale puisqu'il ne reste rien de celle qui avait eu lieu primitivement. Et nous croirions réellement que nous ne l'avons jamais éprouvée si, par un mécanisme bien connu, elle ne venait d'elle-même se localiser dans le passé. Ce qui seul est *le même* dans les deux expériences, c'est l'état nerveux, condition de la seconde représentation comme de la première.

Cette thèse n'est pas seulement celle que soutient l'école psychophysiologique ; elle est admise explicitement par de nombreux psychologues qui croient à la réalité de la conscience et vont même jusqu'à voir dans la vie consciente la forme éminente du réel. Pour Léon Dumont : « Quand nous ne pensons plus l'idée, elle n'existe plus même à l'état latent; mais il y a seulement une de ses conditions qui reste permanente et qui sert à expliquer comment, avec le concours d'autres conditions, la même pensée peut se renouveler. » Un souvenir résulte « de la combinaison de deux éléments : 1° Une manière d'être de l'organisme; 2° Un complément de force venant du dehors » [1]. M. Rabier écrit presque dans les mêmes termes : « La condition de la reviviscence, c'est une excitation nouvelle qui, s'ajoutant aux conditions qui constituaient l'habitude, a pour effet de restaurer un état des centres nerveux (impression) semblable, quoique plus faible ordinairement, à celui qui a provoqué l'état de conscience primitif » [2]. William James est plus formel encore : «

---

[1] De l'habitude, in Revue philos., I, pp. 350, 351.
[2] Leçons de philosophie, I, p. 164.

Le phénomène de la rétention, dit-il, n'est absolument pas un fait de l'ordre mental *(it is not a fact of the mental order at all)*. C'est un pur phénomène physique, un état morphologique qui consiste dans la présence de certaines voies de conduction dans l'intimité des tissus cérébraux »[1]. La représentation s'ajoute à la réexcitation de la région affectée, comme elle s'est ajoutée à l'excitation première : mais, dans l'intervalle, elle a complètement cessé d'exister. Nul n'insiste plus vivement que James sur la dualité des deux états et sur leur hétérogénéité. Il n'y a rien de commun entre eux, sauf que les traces laissées dans le cerveau par l'expérience antérieure rendent la seconde plus facile et plus prompte[2]. La conséquence, d'ailleurs, découle logiquement du principe même de l'explication.

Mais comment n'aperçoit-on pas qu'on revient ainsi à cette théorie de Maudsley que l'on avait d'abord rejetée, non sans dédain[3] ? Si, à chaque moment du temps, la vie psychique consiste exclusivement dans les états actuellement donnés à la conscience claire, il vaut autant dire qu'elle se réduit à rien. On sait, en effet, que le champ de regard de la conscience, comme dit Wundt, est de très peu d'étendue; on en peut compter les

---

1 Principles of Psychology, I, 655.
2 Ibid., p. 656.
3 Ibid., pp. 138-145.

éléments. Si donc ils sont les seuls facteurs psychiques de notre conduite, il convient d'avouer que celle-ci est tout entière placée sous la dépendance exclusive de causes physiques. Ce qui nous dirige, ce ne sont pas les quelques idées qui occupent présentement notre attention ; ce sont tous les résidus laissés par notre vie antérieure ; ce sont les habitudes contractées, les préjugés, les tendances qui nous meuvent sans que nous nous en rendions compte, c'est, en un mot, tout ce qui constitue notre caractère moral. Si donc rien de tout cela n'est mental, si le passé ne survit en nous que sous forme matérielle, c'est proprement l'organisme qui mène l'homme. Car ce que la conscience peut atteindre de ce passé dans un instant donné n'est rien à côté de ce qui en reste inaperçu et, d'un autre côté, les impressions entièrement neuves sont une infime exception. Du reste, la sensation pure, dans la mesure où elle existe, est, de tous les phénomènes intellectuels, celui auquel le mot d'épiphénomène pourrait le moins improprement s'appliquer. Car il est clair qu'elle dépend étroitement de la disposition des organes, à moins qu'un autre phénomène mental n'intervienne et ne la modifie, et, dans ce cas, elle n'est plus sensation pure.

Mais allons plus loin; voyons ce qui se passe dans la conscience actuelle. Pourra-t-on dire du moins que les quelques états qui l'occupent ont une nature spécifique, qu'ils sont soumis à des lois spéciales et que, si leur influence est faible à cause de leur infériorité numérique, elle ne laisse pas d'être originale ? Ce qui viendrait ainsi se superposer à l'action des forces vitales serait, sans doute, peu de chose ; cependant, ce serait quelque chose. Mais comment serait-ce possible ? La vie propre de ces états ne peut consister que dans la manière *sui generis* dont ils se groupent. Il faudrait qu'ils pussent s'appeler, s'associer d'après des affinités qui dérivassent de leurs caractères intrinsèques, et non des propriétés et des dispositions du système nerveux. Or si la mémoire est chose organique, ces associations elles-mêmes ne peuvent être qu'un simple reflet de connexions également organiques. Car si une représentation déterminée ne peut être évoquée que par l'intermédiaire de l'état physique antécédent, comme ce dernier lui-même ne peut être restauré que par une cause physique, les idées ne se lient que parce que les points correspondants de la masse cérébrale sont eux-mêmes liés, et matériellement. C'est d'ailleurs ce que déclarent expressément les partisans de la théorie. En déduisant ce corollaire de leur principe, nous sommes assuré de ne pas faire violence à leur pensée ; car nous ne leur prêtons rien qu'ils ne professent explicitement, comme la logique les y oblige. La loi psychologique de l'association, dit James, « n'est que le contrecoup dans l'esprit de ce fait tout psychique que des courants nerveux se propagent plus aisément à travers des voies de conduction qui ont été déjà parcourues »[1]. Et M. Rabier : « Quand il s'agit d'une association, l'état suggestif *(a)* a sa condition dans une impression nerveuse (A) ; l'état suggéré (b) a sa condition dans une autre impression nerveuse (B). Cela posé, pour expliquer comment ces deux impressions et, par suite, ces deux états de conscience se succèdent, il n'y a plus qu'un pas à faire, bien facile en vérité, c'est d'admettre *que l'ébranlement nerveux s'est propagé de A en B* ; et cela parce que, une première fois, le mouvement ayant déjà suivi ce trajet, la même route lui est désormais plus facile »[2].

Mais si la liaison mentale n'est qu'un écho de la liaison physique et ne fait que la répéter, à quoi sert-elle ? Pourquoi le mouvement nerveux ne déterminerait-il pas immédiatement le mouvement musculaire, sans que ce fantôme de conscience vînt s'intercaler entre eux ? Reprendra-t-on les expressions que nous employions nous-même tout à l'heure et dira-t-on que cet écho a sa réalité, qu'une vibration moléculaire accompagnée de conscience n'est pas identique à la même vibration sans conscience; que, par conséquent, quelque chose de nouveau a surgi ? Mais les défenseurs de la conception épiphénoméniste ne tiennent pas un autre langage. Eux aussi savent bien que la

____

[1] Op. cit., I, p. 563.
[2] Op. cit., I, p. 195.

cérébration inconsciente diffère de ce qu'ils appellent une cérébration consciente. Seulement, il s'agit de savoir si cette différence tient à la nature de la cérébration, à l'intensité plus grande de l'ébranlement nerveux par exemple, ou bien si elle est due principalement à l'addition de la conscience. Or pour que cette addition ne constituât pas une simple superfétation, une sorte de luxe incompréhensible, il faudrait que la conscience ainsi surajoutée eût une manière d'agir qui n'appartînt qu'à elle ; qu'elle fût susceptible de produire des effets qui, sans elle, n'auraient pas lieu. Mais si, comme on le suppose, les lois auxquelles elle est soumise ne sont qu'une transposition de celles qui régissent la matière nerveuse elles font double emploi avec ces dernières. On ne peut même pas supposer que la combinaison, tout en ne faisant que reproduire certains processus cérébraux, donne néanmoins naissance à quelque état nouveau, doué d'une autonomie relative, et qui ne soit pas un pur succédané de quelque phénomène organique. Car, d'après l'hypothèse, un état ne peut durer si ce qu'il a d'essentiel ne tient pas tout entier dans une certaine polarisation des cellules cérébrales. Or qu'est-ce qu'un état de conscience sans durée ?

D'une manière générale, si la représentation n'existe qu'autant que l'élément nerveux qui la supporte se trouve dans des conditions d'intensité et de qualité déterminées, si elle disparaît dès que ces conditions ne sont pas réalisées au même degré, elle n'est rien par elle-même; elle n'a pas d'autre réalité que celle qu'elle détient de son substrat. C'est, comme l'ont dit Maudsley et son école, une ombre portée dont il ne reste plus rien quand l'objet dont elle reproduit vaguement les contours n'est plus là. D'où l'on devrait conclure qu'il n'y a pas de vie qui soit proprement physique ni, par conséquent, de matière à une psychologie propre. Car, dans ces conditions, si l'on veut comprendre les phénomènes mentaux, la manière dont ils se produisent, se reproduisent et se modifient, ce n'est pas eux qu'il faut considérer et analyser ; ce sont les phénomènes anatomiques dont ils ne sont que l'image plus ou moins fidèle. On ne peut même pas dire qu'ils réagissent les uns sur les autres et se modifient mutuellement, puisque leurs relations ne sont qu'une mise en scène apparente. Quand on dit d'images aperçues dans un miroir qu'elles s'attirent, se repoussent, se succèdent, etc., on sait bien que ces expressions sont métaphoriques ; elles ne sont vraies à la lettre que des corps qui produisent ces mouvements. En fait, on attribue si peu de valeur à ces manifestations qu'on n'éprouve même pas le besoin de se demander ce qu'elles deviennent et comment il se fait qu'elles périssent. On trouve tout naturel qu'une idée qui, tout à l'heure, occupait notre conscience, puisse devenir néant un instant après ; pour qu'elle puisse s'annihiler aussi facilement il faut évidemment qu'elle n'ait jamais eu qu'un semblant d'existence.

Si donc la mémoire est exclusivement une propriété des tissus, la vie mentale n'est rien, car elle n'est rien en dehors de la mémoire. Non que notre activité intellectuelle consiste exclusivement à reproduire sans changements les états de conscience antérieurement éprouvés. Mais pour qu'ils puissent être soumis à une élaboration vraiment intellectuelle, différente, par conséquent, de celles qu'impliquent les seules lois de la matière vivante, encore faut-il qu'ils aient une existence relativement indépendante de leur substrat matériel. Sinon, ils se grouperont, comme ils naissent et comme ils renaissent, d'après des affinités purement physiques. Parfois, il est vrai, on croit échapper à ce nihilisme intellectuel en imaginant une substance ou je ne sais quelle forme supérieure aux déterminations phénoménales ; on parle vaguement d'une pensée, distincte des matériaux que le cerveau lui fournit et qu'elle élaborerait par des procédés *sui generis*. Mais qu'est-ce qu'une pensée qui ne serait pas un système et une suite de pensées particulières, sinon une abstraction réalisée ? La science n'a pas à connaître des substances ni des formes pures, qu'il y en ait ou non. Pour le psychologue, la vie représentative n'est rien autre chose qu'un ensemble de représentations. Si donc les représentations de tout ordre meurent aussitôt qu'elles sont nées, de quoi l'esprit peut-il être fait ? Il faut choisir : ou bien l'épiphénoménisme est le vrai, ou bien il y a une mémoire proprement mentale. Or, nous avons vu ce qu'a d'insoutenable la première solution. Par conséquent, la seconde s'impose à quiconque veut rester d'accord avec soi-même.

II

Mais elle s'impose aussi pour une autre raison.

Nous venons de faire voir que, si la mémoire est exclusivement une propriété de la substance nerveuse, les idées ne peuvent pas s'évoquer mutuellement; l'ordre dans lequel elles reviennent à l'esprit ne peut que reproduire l'ordre dans lequel leurs antécédents physiques sont réexcités, et cette réexcitation elle-même ne peut être due qu'à des causes purement physiques. Cette proposition est si bien impliquée dans les prémisses du système qu'elle est formellement admise par tous ceux qui le professent. Or, non seulement elle aboutit, comme nous le montrions tout à l'heure, à faire de la vie psychique une apparence sans réalité, mais elle est directement contredite par les faits. Il y a des cas - et ce sont les plus importants - où la manière dont les idées s'évoquent ne paraît pas pouvoir s'expliquer ainsi. Sans doute, on peut bien imaginer que deux idées ne puissent se produire simultanément dans la conscience ou se suivre immédiatement, sans que les points de l'encéphale qui leur servent de substrats aient été mis en communication matérielle. Par suite, il n'y a rien d'impossible a priori à ce que toute excitation nouvelle de l'un, suivant la ligne de la moindre résistance, s'étende à l'autre et détermine ainsi la réapparition de son conséquent psychique. Mais il n'y a pas de connexions organiques connues qui puissent faire comprendre comment deux idées semblables peuvent s'appeler l'une l'autre par le seul fait de leur ressemblance. Rien de ce que nous savons sur le mécanisme cérébral ne nous permet de concevoir comment une vibration qui se produit en A pourrait avoir une tendance à se propager en B par cela seul qu'entre les représentations a et b il existe quelque similitude. C'est pourquoi toute psychologie qui voit dans la mémoire un fait purement biologique, ne peut expliquer les associations par ressemblance qu'en les ramenant aux associations par contiguïté, c'est-à-dire en leur déniant toute réalité.

Cette réduction a été tentée [1]. Si, dit-on, deux états se ressemblent, c'est qu'ils ont au moins une partie commune. Celle-ci, se répétant identiquement dans les deux expériences, a,

---

[1] Voir JAMES, op. cit., I, p. 690.

dans les deux cas, le même élément nerveux pour support. Cet élément se trouve ainsi en relations avec les deux groupes différents de cellules auxquels correspondent les parties différentes de ces deux représentations, puisqu'il a concouru avec les unes comme avec les autres. Par suite, il sert de lien entre elles et voilà comment les idées elles-mêmes se lient. Par exemple, je vois une feuille de papier blanc; l'idée que j'en ai comprend une certaine image de blancheur. Qu'une cause quelconque vienne à exciter particulièrement la cellule qui, en vibrant, a produit cette sensation colorée, et un courant nerveux y prendra naissance qui rayonnera tout autour, mais en suivant de préférence les voies qu'il trouve toutes frayées. C'est dire qu'il se portera sur les autres points qui ont été déjà en communication avec le premier. Mais ceux qui satisfont à cette condition sont aussi ceux qui ont suscité des représentations semblables, en un point, à la première. C'est ainsi que la blancheur du papier me fera penser à celle de la neige. Deux idées qui se ressemblent se trouveront donc associées quoique l'association soit le produit, non de la ressemblance à proprement parler, mais d'une contiguïté purement matérielle.

Mais cette explication repose sur une série de postulats arbitraires. Tout d'abord, on n'est pas fondé à regarder ainsi les représentations comme formées d'éléments définis, sorte d'atomes qui pourraient entrer, tout en restant identiques à eux-mêmes, dans la contexture des représentations les plus diverses. Nos états mentaux ne sont pas ainsi faits de pièces et de morceaux qu'ils s'emprunteraient mutuellement, selon les occasions. La blancheur de ce papier et celle de la neige ne sont pas les mêmes et nous sont données dans des représentations différentes. Dira-t-on qu'elles se confondent en ce que la sensation de la blancheur en général se retrouve en toutes les deux ? Il faudrait alors admettre que l'idée de la blancheur en général constitue une sorte d'entité distincte qui, en se groupant avec des entités différentes, donnerait naissance à telle sensation déterminée de blancheur. Or il n'est pas un seul fait qui puisse justifier une telle hypothèse. Tout prouve, au contraire - et il est curieux que James ait contribué plus que personne à démontrer cette proposition -, tout prouve que la vie psychique est un cours continu de représentations, qu'on ne peut jamais dire où l'une commence et où l'autre finit. Elles se pénètrent mutuellement. Sans doute, l'esprit parvient peu à peu à y distinguer des parties. Mais ces distinctions sont notre œuvre ; c'est nous qui les introduisons dans le *continuum* psychique, bien loin de les y trouver. C'est l'abstraction qui nous permet d'analyser ainsi ce qui nous est donné dans un état de complexité indivise. Or, d'après l'hypothèse que nous discutons, c'est le cerveau, au contraire, qui devrait effectuer de lui-même toutes ces analyses, puisque toutes ces divisions auraient une base anatomique. On sait, d'ailleurs, avec quelle peine nous parvenons à donner aux produits de l'abstraction une sorte de fixité et d'individualité toujours très précaire, grâce à l'artifice du mot. Tant il s'en faut que cette dissociation soit conforme à la nature originelle des choses !

Mais la conception physiologique, qui est à la base de la théorie, est encore plus insoutenable. Concédons que les idées soient ainsi décomposables. Il faudra, de plus, admettre qu'à chacune des parties dont elles sont ainsi composées corresponde un élément nerveux déterminé. Il y aurait donc une partie de la masse cérébrale qui serait le siège des sensations de rouge, une autre des sensations de vert, etc. Ce n'est même pas assez dire. Il faudrait un substrat spécial pour chaque nuance de vert, de rouge, etc., car, d'après l'hypothèse, deux couleurs de même nuance ne peuvent s'évoquer mutuellement que si les points par où elles se ressemblent correspondent à un seul et même état organique, puisque toute similitude psychique implique une coïncidence spatiale. Or une telle géographie cérébrale tient du roman plus que de la science. Sans doute, nous savons que certaines fonctions intellectuelles sont plus étroitement liées à telles régions qu'à telles autres ; encore ces localisations n'ont-elles rien de précis ni de rigoureux, comme le prouve le fait des substitutions. Aller plus loin, supposer que chaque représentation réside dans une cellule déterminée est déjà un postulat gratuit et dont la suite de cette étude démontrera même l'impossibilité. Que dire alors de l'hypothèse d'après laquelle les éléments ultimes de la représentation (à supposer qu'il y en eût et que le mot exprimât une réalité) seraient eux-mêmes non moins étroitement localisés ? Ainsi, la représentation de la feuille sur laquelle j'écris serait littéralement dispersée dans tous les coins du cerveau ! Non seulement il y aurait d'un côté l'impression de la couleur, ailleurs celle de la forme, ailleurs encore celle de la résistance, mais encore l'idée de la couleur en général siégerait ici, là résideraient les attributs distinctifs de telle nuance particulière, ailleurs les caractères spéciaux que prend cette nuance dans le cas présent et individuel que j'ai sous les yeux, etc. Comment ne voit-on pas, en dehors de toute autre considération, que, si la vie mentale est à ce point divisée, si elle est formée d'une telle poussière d'éléments organiques, l'unité et la continuité qu'elle présente deviennent incompréhensibles ?

On pourrait demander aussi comment, si la ressemblance de deux représentations est due à la présence d'un seul et même élément dans l'une et dans l'autre, cet élément unique pourrait apparaître double. Si nous avons une image ABCD et une autre AEFG évoquée par la première, si, par conséquent, le processus total peut être figuré par le schéma (BCD) A (EFG), comment pouvons-nous apercevoir deux A ? On répondra que cette distinction se fait grâce aux éléments différentiels qui sont donnés en même temps : comme A est engagé à la fois dans le système BCD et dans le système EFG et que ces deux systèmes sont distincts l'un et l'autre, la logique, dit-on, nous oblige à admettre que A est double. Mais si l'on peut bien expliquer ainsi pourquoi nous devons *postuler* cette dualité, on ne nous fait pas, pour cela, comprendre comment, en fait, nous la *percevons*. De ce qu'il peut être raisonnable de conjecturer qu'une même image se rapporte à deux ensembles de circonstances différentes, il ne suit pas que nous la *voyons dédoublée*. A l'instant actuel, je me représente simultanément, d'une part, cette feuille de papier blanc, de l'autre, de la neige répandue sur le sol. C'est donc qu'il y a dans mon esprit deux représentations de blancheur et non pas une seule. C'est qu'en effet on simplifie artificiellement les choses quand on réduit la similitude à n'être qu'une identité partielle. Deux idées semblables sont distinctes même par les points où elles sont superposables. Les éléments que l'on dit être communs à l'une et à l'autre sont séparément et dans l'une et dans l'autre ; nous ne les confondons pas tout en les comparant. C'est la relation sui *generis* qui s'établit entre eux, la combinaison spéciale qu'ils forment en vertu de cette ressemblance, les caractères particuliers de cette combinaison, qui nous donnent l'impression de la similitude. Mais combinaison suppose pluralité.

On ne Peut donc ramener la ressemblance à la contiguïté sans méconnaître la nature de la ressemblance et sans faire des hypothèses, à la fois physiologiques et psychologiques, que rien ne justifie : d'où il résulte que la mémoire n'est pas un fait purement physique, que les représentations comme telles sont susceptibles de conserver. En effet si elles s'évanouissaient totalement dès qu'elles sont sorties de la conscience actuelle, si elles ne survivaient que sous la forme d'une trace organique, les similitudes qu'elles peuvent avoir avec une idée actuelle ne sauraient les tirer du néant ; car il ne peut y avoir aucune relation de similarité, directe ou indirecte, entre cette trace dont on admet la survivance et l'état psychique présentement donné. Si, au moment où je vois cette feuille, il ne reste plus rien, dans mon esprit, de la neige que j'ai vue précédemment, la première image ne peut agir sur la seconde ni celle-ci sur celle-là, l'une ne peut donc évoquer l'autre par cela seul qu'elle lui ressemble. Mais le phénomène n'a plus rien d'inintelligible s'il existe une mémoire mentale, si les représentations passées persistent en qualité de représentations, si le ressouvenir, enfin, consiste, non dans une création nouvelle et originale, mais seulement dans une nouvelle émergence à la clarté de la conscience. Si notre vie psychique ne s'anéantit pas à mesure qu'elle s'écoule, il n'y a pas de solution de continuité entre nos états antérieurs et nos états actuels ; il n'y a donc rien d'impossible à ce qu'ils agissent les uns sur les autres et à ce que le résultat de cette action mutuelle puisse, dans de certaines conditions, relever assez l'intensité des premiers pour qu'ils deviennent de nouveau conscients.

On objecte, il est vrai, que la ressemblance ne peut expliquer comment les idées s'associent, parce qu'elle ne peut apparaître que si les idées sont déjà associées. Si elle est connue, dit-on, c'est que le rapprochement est fait ; elle ne peut donc en être la cause. Mais l'argument confond à tort la ressemblance et la perception de la ressemblance. Deux représentations peuvent être semblables, comme les choses qu'elles expriment, sans que nous le sachions. Les principales découvertes de la science consistent précisément à apercevoir des analogies ignorées entre des idées connues de tout le monde. Or pourquoi cette ressemblance non aperçue ne produirait-elle pas des effets qui serviraient précisément à la caractériser et à la faire apercevoir ? Les images, les idées agissent les unes sur les autres, et ces actions et ces réactions doivent nécessairement varier avec la nature des représentations ; notamment elles doivent changer selon que les représentations qui sont ainsi mises en rapport se ressemblent ou diffèrent ou contrastent. Il n'y a aucune raison pour que la ressemblance ne développe pas une propriété *sui generis* en vertu de laquelle deux états, séparés par un intervalle de temps, seraient déterminés à se rapprocher. Pour en admettre la réalité, il n'est pas du tout nécessaire d'imaginer que les représentations sont des choses en soi ; il suffit d'accorder qu'elles ne sont pas des néants, qu'elles sont des phénomènes, mais réels, doués de propriétés spécifiques et qui se comportent de façons différentes les uns avec les autres, suivant qu'ils ont, ou non, des propriétés communes. On pourrait trouver dans les sciences de la nature nombre de faits où la ressemblance agit de cette façon. Quand des corps de densité différente sont mêlés ensemble, ceux qui ont une densité semblable tendent à se grouper ensemble et à se distinguer des autres. Chez les vivants les éléments semblables ont une telle affinité les uns pour les autres qu'ils finissent par se perdre les uns dans les autres et par devenir indistincts. Sans doute il est permis de croire que ces phénomènes d'attraction et de coalescence s'expliquent par des raisons mécaniques et non par un attrait mystérieux que le semblable aurait pour le semblable. Mais pourquoi le groupement des représentations similaires dans l'esprit ne s'expliquerait-il pas d'une manière analogue ? Pourquoi n'y aurait-il pas un mécanisme mental (mais non exclusivement physique) qui rendrait compte de ces associations sans faire intervenir aucune vertu occulte ni aucune entité scolastique ?

Peut-être même n'est-il pas impossible d'apercevoir dès maintenant, au moins en gros, dans quel sens pourrait être cherchée cette explication. Une représentation ne se produit pas sans agir sur le corps et sur l'esprit. Déjà, pour naître, elle suppose certains mouvements. Pour voir une maison qui est actuellement sous mes yeux, il me faut contracter d'une certaine manière les muscles de l'œil, donner à la tête une certaine inclinaison selon la hauteur, les dimensions de l'édifice : de plus, la sensation, une fois qu'elle existe, détermine à son tour des mouvements. Or, si elle a déjà eu lieu une première fois, c'est-à-dire si la même maison a été vue précédemment, les mêmes mouvements ont été exécutés à cette occasion. Ce sont les mêmes muscles qui ont été mus et de la même manière, au moins en partie, c'est-à-dire dans la mesure où les conditions objectives et subjectives de l'expérience se répètent identiquement. Il existe donc, dès à présent, un rapport de connexité entre l'image de cette maison telle que la conserve ma mémoire, et certains mouvements ; et puisque ces mouvements sont les mêmes qui accompagnent la sensation actuelle de ce même objet, par eux un lien se trouve établi entre ma perception présente et ma perception passée. Suscités par la première, ils suscitent à nouveau la seconde, la réveillent ; car c'est un fait connu qu'en imprimant au corps une attitude déterminée on provoque les idées ou émotions correspondantes.

Toutefois, ce premier facteur ne saurait être le plus important. Si réel que soit le rapport entre les idées et les mouvements, il n'a rien de très précis. Un même système de mouvements peut servir à réaliser des idées très différentes sans se modifier dans la même proportion ; aussi les impressions qu'il réveille sont-elles toujours très générales. En donnant aux membres la position convenable, on peut suggérer à un sujet l'idée de la prière, non de telle prière. De plus, s'il est vrai que tout état de conscience est enveloppé de mouvements, il faut ajouter que plus la représentation s'éloigne de la sensation pure, plus aussi l'élément moteur perd d'importance et de signification positive. Les fonctions intellectuelles supérieures supposent surtout des inhibitions de mouvements, comme le prouvent et le rôle capital qu'y joue l'attention et la nature même de l'attention qui consiste essentiellement dans une suspension, aussi complète que possible, de l'activité physique. Or une simple négation de la motilité ne saurait servir à caractériser l'infinie diversité des phénomènes d'idéation. L'effort que nous faisons pour nous retenir d'agir n'est pas plus lié à ce concept qu'à cet autre, si le second nous a demandé le même effort d'attention que le premier. Mais le lien entre le présent et le passé peut aussi s'établir à l'aide d'intermédiaires purement intellectuels. En effet, toute représentation, au moment où elle se produit, affecte, outre les organes, l'esprit lui-même, c'est-à-dire les représentations présentes et passées qui le constituent, si du moins on admet avec nous que les représentations passées subsistent en nous. Le tableau que je vois en ce moment agit d'une manière déterminée sur telle de mes manières de voir, telle de mes aspirations, tel de mes désirs ; la perception que j'en ai se trouve donc être solidaire de ces divers éléments mentaux. Que maintenant elle me soit présentée à nouveau, elle agira de la même façon sur ces mêmes éléments qui durent toujours, sauf les modifications que le temps peut leur avoir fait subir. Elle les excitera donc comme la première fois et, par leur canal, cette excitation se communiquera à la représentation antérieure avec laquelle ils sont d'ores et déjà en rapport et qui sera ainsi revivifiée. Car, à moins qu'on ne refuse aux états psychiques toute efficacité, on ne voit pas pourquoi eux aussi n'auraient pas la propriété de transmettre la vie qui est en eux aux autres états avec lesquels ils sont en relation, aussi bien qu'une cellule peut transmettre son mouvement aux cellules voisines. Ces phénomènes de transfert sont même d'autant plus faciles à concevoir en ce qui concerne la vie représentative qu'elle n'est pas formée d'atomes, séparés les uns des autres ; c'est un tout continu dont toutes les parties se pénètrent les unes les autres. Nous ne soumettons du reste au lecteur cette ébauche d'explication qu'à titre d'indication. Notre but est surtout de montrer qu'il n'y a aucune impossibilité à ce que la ressemblance, par elle-même, soit une cause d'associations. Car, comme on a souvent argué de cette impossibilité prétendue pour réduire la similarité à la contiguïté et la mémoire mentale à la mémoire physique, il importait de faire entrevoir que la difficulté n'a rien d'insoluble.

III

Ainsi, non seulement le seul moyen d'échapper à la psychologie épiphénoméniste est d'admettre que les représentations sont susceptibles de persister en qualité de représentations, mais l'existence d'associations d'idées par ressemblance démontre directement cette persistance.

Mais on objecte que ces difficultés ne sont évitées qu'au prix d'une autre qui n'est pas moindre. En effet, dit-on, les représentations ne peuvent se conserver comme telles qu'en dehors de la conscience; car nous n'avons aucun sentiment de toutes les idées, sensations, etc., que nous pouvons avoir éprouvées dans notre vie passée et dont nous sommes susceptibles de nous souvenir dans l'avenir.

Or on pose en principe que la représentation ne peut se définir que par la conscience ; d'où l'on conclut qu'une représentation inconsciente est inconcevable, que la notion même en est contradictoire.

Mais de quel droit limite-t-on ainsi la vie psychique ? Sans doute, s'il ne s'agit que d'une définition de mot, elle est légitime par cela même qu'elle est arbitraire ; seulement, on n'en peut rien conclure. De ce qu'on convient d'appeler psychologiques les seuls états conscients, il ne suit pas qu'il n'y ait plus que des phénomènes organiques ou physico-chimiques là où il n'y a plus de conscience. C'est une question de fait que l'observation peut seule trancher. Veut-on dire que si l'on retire la conscience de la représentation, ce qui reste n'est pas représentable à l'imagination ? Mais, à ce compte, il y a des milliers de faits authentiques qui pourraient être également niés. Nous ne savons pas ce que c'est qu'un milieu matériel impondérable et nous ne pouvons nous en faire aucune idée ; pourtant, l'hypothèse en est nécessaire pour rendre compte de la transmission des ondes lumineuses. Que des faits bien établis viennent démontrer que la pensée peut se transférer à distance, la difficulté que nous pouvons avoir à nous représenter un phénomène aussi déconcertant ne sera pas une raison suffisante pour qu'on en puisse contester la réalité, et il nous faudra bien admettre des ondes de pensée dont la notion dépasse ou même contredit toutes nos connaissances actuelles. Avant que l'existence de rayons lumineux obscurs, pénétrant des corps opaques, ait été démontrée, on eût facilement prouvé qu'ils étaient inconciliables avec la nature de la lumière. On pourrait aisément multiplier les exemples. Ainsi, alors même qu'un phénomène n'est pas clairement représentable à l'esprit, on n'est cependant pas en droit de le nier, s'il se manifeste par des effets définis qui, eux, sont représentables et qui lui servent de signes. On le pense alors, non en lui-même, mais en fonction de ces effets qui le caractérisent. Même il n'est pas de science qui ne soit obligée de prendre ce détour pour atteindre les choses dont elle traite. Elle va du dehors au dedans, des manifestations extérieures et immédiatement sensibles aux caractères internes que ces manifestations décèlent. Un courant nerveux, un rayon lumineux sont d'abord un je ne sais quoi dont on reconnaît la présence à tel ou tel de ses effets, et c'est justement la tâche de la science de déterminer progressivement le contenu de cette notion initiale. Si donc il nous est donné de constater que certains phénomènes ne peuvent être causés que par des représentations, c'est-à-dire s'ils constituent les signes extérieurs de la vie représentative, et si, d'autre part, les représentations qui se révèlent ainsi sont ignorées du sujet en qui elles se produisent, nous dirons qu'il peut y avoir des états psychiques sans conscience, quelque peine que l'imagination puisse avoir à se les figurer.

Or, les faits de ce genre sont innombrables, si, du moins, on entend par conscience l'appréhension d'un état donné par un sujet donné. Il se passe, en effet, chez chacun de nous, une multitude de phénomènes qui sont psychiques sans être appréhendés. Nous disons qu'ils sont psychiques, parce qu'ils se traduisent au-dehors par les indices caractéristiques de l'activité mentale, à savoir par les hésitations, les tâtonnements, l'appropriation des mouvements à une fin préconçue. Si, quand un acte a lieu en vue d'un but, nous ne sommes pas assurés qu'il est intelligent, on se demande par quoi l'intelligence peut se distinguer de ce qui n'est pas elle. Or les expériences connues de M. Pierre Janet ont prouvé que bien des actes présentent tous ces signes sans que, pourtant, ils soient conscients. Par exemple, un sujet, qui vient de se refuser à exécuter un ordre, s'y conforme docilement si l'on a soin de détourner son attention au moment où les paroles impératives sont prononcées. C'est évidemment un ensemble de représentations qui lui dicte son attitude ; car l'ordre ne peut produire son effet que s'il a été entendu et compris. Pourtant le patient ne se doute pas de ce qui s'est passé; il ne sait même pas qu'il a obéi ; et si, au moment où il est en train d'effectuer le geste commandé, on le lui fait remarquer, c'est pour lui la plus surprenante des découvertes [1]. De même, quand on prescrit à un hypnotisé de ne pas voir telle personne ou tel objet qui est sous ses yeux, la défense ne peut agir que si elle est représentée à l'esprit. Cependant, la conscience n'en est aucunement avertie. On a cité également des cas de numération inconsciente, des calculs assez complexes,

---

[1] Voir *L'automatisme psychologique*, p. 237 et suiv.

faits par un individu qui n'en a pas le moindre sentiment[1]. Ces expériences, qu'on a variées de toutes les manières, ont été faites, il est vrai, sur des états anormaux; mais elles ne font que reproduire sous une forme amplifiée ce qui se passe normalement en nous. Nos jugements sont à chaque instant tronqués, dénaturés par des jugements inconscients ; nous ne voyons que ce que nos préjugés nous permettent de voir et nous ignorons nos préjugés. D'autre part, nous sommes toujours dans un certain état de distraction, puisque l'attention, en concentrant l'esprit sur un petit nombre d'objets, le détourne d'un plus grand nombre d'autres ; or toute distraction a pour effet de tenir hors de la conscience des états psychiques qui ne laissent pas d'être réels, puisqu'ils agissent. Que de fois même il y a un véritable contraste entre l'état véritablement éprouvé et la manière dont il apparaît à la conscience ! Nous croyons haïr quelqu'un alors que nous l'aimons et la réalité de cet amour se manifeste par des actes dont la signification n'est pas douteuse pour des tiers, au moment même où nous nous croyons sous l'influence du sentiment Opposé[2].

---

[1] *Ibid., p.* 225.

[2] Suivant James, il n'y aurait là aucune preuve d'une réelle inconscience. Quand je prends pour de la haine ou de l'indifférence de l'amour qui m'entraîne, je ne ferais que mal nommer un état dont je suis pleinement conscient. Nous avouons ne pas comprendre. Si je nomme mal l'état, c'est que la conscience que j'en ai est elle-même erronée ; c'est qu'elle n'exprime pas tous les caractères de cet état. Pourtant, ces caractères qui

D'ailleurs, si tout ce qui est psychique était conscient et si tout ce qui est inconscient était psychologique, la psychologie devrait en revenir à la vieille méthode introspective. Car, si la réalité des états mentaux se confond avec la conscience que nous en avons, la conscience suffit pour connaître cette réalité tout entière puisqu'elle ne fait qu'un avec elle et il n'est pas besoin de recourir aux procédés compliqués et détournés qui sont aujourd'hui en usage. Nous n'en sommes plus, en effet, à regarder les lois des phénomènes comme supérieures aux phénomènes et les déterminant du dehors ; elles leur sont immanentes, elles ne sont que leurs manières d'être. Si donc les faits psychiques ne sont qu'autant: qu'ils sont connus de nous et ne sont que de la manière dont ils sont connus de nous (ce qui est tout un), leurs lois sont données du même coup. Pour les connaître, il n'y aurait qu'à regarder. Quant aux facteurs de la vie mentale qui, étant inconscients, ne peuvent être connus par cette voie, ce n'est pas à la psychologie qu'ils ressortiraient, mais

---

ne sont pas conscients agissent. Ils sont donc d'une manière inconscients. Mon sentiment a les traits constitutifs de l'amour puisqu'il détermine en conséquence ma conduite ; or, je ne les aperçois pas, si bien que ma passion m'incline dans un sens, et la conscience que j'ai de ma passion, dans un autre. Les deux phénomènes ne se recouvrent donc pas. Cependant, il paraît bien difficile de voir dans une inclination comme l'amour autre chose qu'un phénomène psychique (voir JAMES, I, p. 174).

à la physiologie. Nous n'avons pas besoin d'exposer les raisons pour lesquelles cette psychologie facile n'est plus soutenable ; il est certain que le monde intérieur est encore, en grande partie, inexploré, que des découvertes s'y font tous les jours, que bien d'autres y restent à faire et que, par conséquent, il ne suffit pas d'un peu d'attention pour en prendre connaissance. En vain on répond que ces représentations, qui passent pour inconscientes, sont seulement aperçues d'une manière incomplète et confuse. Car cette confusion ne peut tenir qu'à une cause, c'est que nous n'apercevons pas tout ce que ces représentations renferment; c'est qu'il s'y trouve des éléments, réels *et agissants,* qui, par conséquent, ne sont pas des faits purement physiques, et qui, pourtant, ne sont pas connus du sens intime. La conscience obscure dont on parle n'est qu'une inconscience partielle ; ce qui revient à reconnaître que les limites de la conscience ne sont pas celles de l'activité psychique.

Pour éviter ce mot d'inconscience et les difficultés qu'éprouve l'esprit à concevoir la chose qu'il exprime, on préférera peut-être rattacher ces phénomènes inconscients à des centres de conscience secondaires, épars dans l'organisme et ignorés du centre principal, quoique normalement subordonnés à lui; ou même on admettra qu'il peut y avoir conscience sans moi, sans appréhension de l'état psychique par un sujet donné. Nous n'avons pas., pour l'instant, à discuter ces hypothèses, très plausibles d'ailleurs[1] mais qui laissent intacte la proposition que nous voulons établir. Tout ce que nous entendons dire, en effet, c'est que des phénomènes se passent en nous, qui sont d'ordre psychique et, Pourtant, ne sont pas connus du moi que nous sommes. Quant à savoir s'ils sont perçus par des moi inconnus ou ce qu'ils peuvent être au-dehors de toute appréhension, cela ne nous importe pas. Qu'on nous concède seulement que la vie représentative s'étend au-delà de notre conscience actuelle, et la conception d'une mémoire psychologique devient intelligible. Or tout ce que nous nous proposons de faire voir ici, c'est que cette mémoire existe, sans que nous ayons à choisir entre toutes les manières possibles de la concevoir.

---

[1] Au fond la notion d'une représentation inconsciente et celle d'une conscience sans moi qui appréhende sont équivalentes. Car quand nous disons qu'un fait psychique est inconscient, nous entendons seulement qu'il n'est pas appréhendé. Toute la question est de savoir quelle expression il vaut le mieux employer. Au point de vue de l'imagination, l'une et l'autre ont le même inconvénient. Il ne nous est pas plus facile d'imaginer une représentation sans sujet qui se représente, qu'une *représen*tation sans conscience.

IV

Nous sommes maintenant en état de conclure.

Si les représentations, une fois qu'elles existent, continuent à être par elles-mêmes sans que leur existence dépende perpétuellement de l'état des centres nerveux, si elles sont susceptibles d'agir directement les unes sur les autres, de se combiner d'après des lois qui leur sont propres, c'est donc qu'elles sont des réalités qui, tout en soutenant avec leur substrat d'intimes rapports, en sont pourtant indépendantes dans une certaine mesure. Assurément leur autonomie ne peut être que relative, il n'est pas de règne dans la nature qui ne tienne aux autres règnes ; rien donc ne serait plus absurde que d'ériger la vie psychique en une sorte d'absolu qui ne viendrait de nulle part et qui ne se rattacherait pas au reste de l'univers. Il est bien évident que l'état du cerveau affecte tous les phénomènes intellectuels et qu'il est facteur immédiat de certains d'entre eux (sensations pures). Mais, d'un autre côté, il résulte de ce qui précède que la vie représentative n'est pas inhérente à la nature intrinsèque de la matière nerveuse, puisqu'elle subsiste en partie par ses propres forces et qu'elle a des manières d'être qui lui sont spéciales. La représentation n'est pas un simple aspect de l'état où se trouve l'élément nerveux au moment où elle a lieu, puisqu'elle se maintient alors que cet état n'est plus et puisque les rapports des représentations sont d'une autre nature que ceux des éléments nerveux sous-jacents. Elle est quelque chose de nouveau, que certains caractères de la cellule contribuent certainement à produire, mais ne suffisent pas à constituer puisqu'elle leur survit et qu'elle manifeste des propriétés différentes. Mais dire que l'état psychique ne dérive pas directement de la cellule, c'est dire qu'il n'y est pas inclus, qu'il se forme, en partie, en dehors d'elle et que, dans la même mesure, il lui est extérieur. S'il était par elle, il serait en elle puisque sa réalité ne lui viendrait pas d'autre part.

Or, quand nous avons dit ailleurs que les faits sociaux sont, en un sens, indépendants des individus et extérieurs aux consciences individuelles, nous n'avons fait qu'affirmer du règne social ce que nous venons d'établir à propos du règne psychique. La société a pour substrat l'ensemble des individus associés. Le système qu'ils forment en s'unissant et qui varie suivant leur disposition sur la surface du territoire, la nature et le nombre des voies de communication, constitue la base sur laquelle s'élève la vie sociale. Les représentations qui en sont la trame se dégagent des relations qui s'établissent entre les individus ainsi combinés ou entre les groupes secondaires qui s'intercalent entre l'individu et la société totale. Or si l'on ne voit rien d'extraordinaire à ce que les représentations individuelles, produites par les actions et les réactions échangées entre les éléments nerveux, ne soient pas inhérentes à ces éléments, qu'y a-t-il de surprenant à ce que les représentations collectives, produites par les actions et les réactions échangées entre les consciences élémentaires dont est faite la société, ne dérivent pas directement de ces dernières et, par suite, les débordent ? Le rapport qui, dans la conception, unit le substrat social à la vie sociale est de tous points analogue à celui qu'on doit admettre entre le substrat physiologique et la vie psychique des individus, si l'on ne veut pas nier toute psychologie proprement dite. Les mêmes conséquences doivent donc se produire de part et d'autre. L'indépendance, l'extériorité relative des faits sociaux par rapport aux individus est même plus immédiatement apparente que celle des faits mentaux par rapport aux cellules cérébrales ; car les premiers ou, du moins, les plus importants d'entre eux, portent, d'une manière visible, la marque de leur origine. En effet, si l'on peut contester peut-être que tous les phénomènes sociaux, sans exception, s'imposent à l'individu du dehors, le doute ne paraît pas possible pour ce qui concerne les croyances et les pratiques religieuses, les règles de la morale, les innombrables préceptes du droit, c'est-à-dire pour les manifestations les plus caractéristiques de la vie collective.

Toutes sont expressément obligatoires ; or l'obligation est la preuve que ces manières d'agir et de penser ne sont pas l'œuvre de l'individu, mais émanent d'une puissance morale qui le dépasse, qu'on l'imagine mystiquement sous la forme d'un bien ou qu'on s'en fasse une conception plus temporelle et plus scientifique [1]. La même loi se retrouve donc dans les deux règnes.

Elle s'explique, d'ailleurs, de la même manière dans les deux cas. Si l'on peut dire, à certains égards, que les représentations collectives sont extérieures aux consciences individuelles, c'est qu'elles ne dérivent pas des individus pris isolément, mais de leur concours ; ce qui est bien différent. Sans doute dans l'élaboration du résultat commun, chacun apporte sa quote-part; mais les sentiments privés ne deviennent sociaux qu'en se

---

[1] Et si le caractère d'obligation et de contrainte est si essentiel à ces faits, si éminemment sociaux, combien il est vraisemblable, avant tout examen, qu'il se retrouve également, quoique moins visible, dans les autres phénomènes sociologiques ! Car il n'est pas possible que les phénomènes de même nature diffèrent à ce point que les uns pénètrent l'individu du dehors et que les autres résultent d'un processus opposé.

A ce sujet, rectifions une interprétation inexacte qui a été donnée de notre pensée. Quand nous avons dit de l'obligation ou de la contrainte qu'elle était la caractéristique des faits sociaux, nous n'avons aucunement songé à donner ainsi une explication sommaire de ces derniers ; nous avons voulu seulement indiquer un signe commode auquel le sociologue peut reconnaître les faits qui ressortissent à sa science.

combinant sous l'action des forces sui *generis* que développe l'association; par suite de ces combinaisons et des altérations mutuelles qui en résultent, ils *deviennent autre chose.* Une synthèse chimique se produit qui concentre, unifie les éléments synthétisés et, par cela même, les transforme. Puisque cette synthèse est l'œuvre du tout, c'est le tout qu'elle a pour théâtre. La résultante qui s'en dégage déborde donc chaque esprit individuel, comme le tout déborde la partie. Elle est dans l'ensemble, de même qu'elle est par l'ensemble. Voilà en quel sens elle est extérieure aux particuliers. Sans doute, chacun en contient quelque chose ; mais elle n'est entière chez aucun. Pour savoir ce qu'elle est vraiment, c'est l'agrégat dans sa totalité qu'il faut prendre en considération [1]. C'est lui qui pense, qui sent, qui veut, quoiqu'il ne puisse vouloir, sentir ou agir que par l'intermédiaire de consciences particulières. Voilà aussi comment le phénomène social ne dépend pas de la nature personnelle des individus. C'est que, dans la fusion d'où il résulte, tous les caractères individuels, étant divergents par définition, se neutralisent et s'effacent mutuellement. Seules les propriétés les plus générales de la nature humaine surnagent; et, précisément à cause de leur extrême généralité, elles ne sauraient rendre compte des formes très spéciales et très complexes qui caractérisent les faits collectifs. Ce n'est pas qu'elles ne soient

----

[1] Cf. notre livre sur *Le suicide, pp. 345-363.*

pour rien dans le résultat ; mais elles n'en sont que les conditions médiates et lointaines. Il ne se produirait pas si elles l'excluaient; mais ce n'est pas elles qui le déterminent.

Or, l'extériorité des faits psychiques par rapport aux cellules cérébrales n'a pas d'autres causes et n'est pas d'une autre nature. Rien, en effet, n'autorise à supposer qu'une représentation, si élémentaire soit-elle, puisse être directement produite par une vibration cellulaire, d'une intensité et d'une tonalité déterminées. Mais il n'est pas de sensation à laquelle ne concourent un certain nombre de cellules. La manière dont se font les localisations cérébrales ne permet pas d'autre hypothèse ; car les images ne soutiennent jamais de rapports définis qu'avec des zones plus ou moins étendues. Peut-être même le cerveau tout entier participe-t-il à l'élaboration d'où elles résultent; c'est ce que paraît démontrer le fait des substitutions. Enfin, c'est aussi, semble-t-il, la seule manière de comprendre comment la sensation dépend du cerveau tout en constituant un phénomène nouveau. Elle dépend parce qu'elle est composée de modifications moléculaires (autrement de quoi serait-elle faite et d'où viendrait-elle ?) ; mais elle est en même temps autre chose parce qu'elle résulte d'une synthèse nouvelle et sui *generis* où ces modifications entrent comme éléments, mais où elles sont transformées par le fait même de leur fusion. Sans doute, nous ignorons comment des mouvements peuvent, en se combinant, donner naissance à une représentation. Mais nous ne savons pas davantage comment un mouvement de transfert peut, quand il est arrêté, se changer en chaleur ou réciproquement. Pourtant, on ne met pas en doute la réalité de cette transformation ; qu'est-ce donc que la première a de plus impossible ? Plus généralement, si l'objection était valable, c'est tout changement qu'il faudrait nier ; car entre un effet et ses causes, une résultante et ses éléments, il y a toujours un écart. C'est affaire à la métaphysique de trouver une conception qui rende cette hétérogénéité représentable ; pour nous, il nous suffit que l'existence n'en puisse pas être contestée.

Mais alors, si chaque idée (ou du moins chaque sensation) est due à la synthèse d'un certain nombre d'états cellulaires, combinés ensemble d'après des lois par des forces encore inconnues, il est évident qu'elle ne peut être prisonnière d'aucune cellule déterminée. Elle échappe à chacune parce qu'aucune ne suffit à la susciter. La vie représentative ne peut se répartir d'une manière définie entre les divers éléments nerveux puisqu'il n'est pas de représentation à laquelle ne collaborent plusieurs de ces éléments ; mais *elle ne peut exister que dans le tout formé par leur réunion, comme la vie collective n'existe que dans le tout formé par la réunion des individus. Ni* l'une ni l'autre n'est composée de parties déterminées qui soient assignables à des parties déterminées de leurs substrats respectifs. Chaque état psychique se trouve ainsi, vis-à-vis de la constitution propre aux cellules nerveuses, dans ces mêmes conditions d'indépendance relative où sont les phénomènes sociaux vis-à-vis des natures individuelles. Comme il ne se réduit pas à une modification moléculaire simple, il n'est pas à la merci des modifications de ce genre qui peuvent se produire isolément sur les différents points de l'encéphale ; seules, les forces physiques qui affectent le groupe entier de cellules qui lui sert de support peuvent aussi l'affecter. Mais il n'a pas besoin, pour pouvoir durer, d'être perpétuellement soutenu et comme recréé sans interruption par un continuel apport d'énergie nerveuse. Pour reconnaître à l'esprit cette autonomie limitée qui est, au fond, tout ce que contient de positif et d'essentiel notre notion de la *spiritualité, il* n'est donc pas nécessaire d'imaginer une âme, séparée de son corps, et menant dans je ne sais quel milieu idéal une existence rêveuse et solitaire. L'âme est dans le monde; elle mêle sa vie à celle des choses et l'on peut, si l'on veut, dire de toutes nos pensées qu'elles sont dans le cerveau. Il faut seulement ajouter que, à l'intérieur du cerveau, elles ne sont pas localisables à la rigueur, qu'elles n'y sont pas situées en des points définis alors même qu'elles sont plus en rapport avec certaines régions qu'avec d'autres. A elle seule, cette diffusion suffit à prouver qu'elles sont quelque chose de spécifique ; car, pour qu'elles soient ainsi diffuses, il faut de toute nécessité que leur mode de composition ne soit pas celui de la masse cérébrale et que, par conséquent, elles aient une manière d'être qui leur soit spéciale.

Ceux donc qui nous accusent de laisser la vie sociale en l'air parce que nous nous refusons à la résorber dans la conscience individuelle, n'ont pas, sans doute, aperçu toutes les conséquences de leur objection. Si elle était fondée, elle s'appliquerait tout aussi bien aux rapports de l'esprit et du cerveau ; par conséquent, il faudrait, pour être logique, résorber aussi la pensée dans la cellule et retirer à la vie mentale toute spécificité. Mais alors on tombe dans les inextricables difficultés que nous avons indiquées. Il y a plus ; partant du même principe, on devra dire également que les propriétés de la vie résident dans les particules d'oxygène, d'hydrogène, de carbone et d'azote qui composent le protoplasme vivant ; car il ne contient rien en dehors de ces particules minérales, de même que la société ne contient rien en dehors des individus [1]. Or, peut-être ici l'impossibilité de la conception que nous combattons apparaît-elle avec plus d'évidence encore que dans les cas précédents. D'abord, comment les mouvements vitaux pourraient-ils avoir pour siège des éléments qui ne sont pas vivants ? Puis, comment les propriétés caractéristiques de la vie

---

[1] Du moins, les individus en sont les seuls éléments actifs. A parler exactement, la société comprend aussi des choses.

se répartiraient-elles entre ces éléments ? Elles ne sauraient se retrouver également chez tous puisqu'ils sont de différentes espèces ; l'oxygène ne peut jouer le même rôle que le carbone ni revêtir les mêmes propriétés. Il n'est pas moins inadmissible que chaque aspect de la vie s'incarne dans un groupe différent d'atomes. La vie ne se divise pas ainsi ; elle est une et, par conséquent, elle ne peut avoir pour siège que la substance vivante dans sa totalité. Elle est dans le tout, non dans les parties. Si donc, pour la bien fonder, il n'est pas nécessaire de la disperser entre les forces élémentaires dont elle est la résultante, pourquoi en serait-il autrement de la pensée individuelle par rapport aux cellules cérébrales et des faits sociaux par rapport aux individus ?

En définitive la sociologie individualiste ne fait qu'appliquer à la vie sociale le principe de la vieille métaphysique matérialiste : elle prétend, en effet, expliquer le complexe par le simple, le supérieur par l'inférieur, le tout par la partie, ce qui est contradictoire dans les termes. Certes le principe contraire ne nous semble pas moins insoutenable; on ne saurait davantage, avec la métaphysique idéaliste et théologique, dériver la partie du tout, car le tout n'est rien sans les parties qui le composent et il ne peut tirer du néant ce dont il a besoin pour exister. Il reste donc à expliquer les phénomènes qui se produisent dans le tout par les propriétés caractéristiques du tout, le complexe par le complexe, les faits sociaux par la société, les faits vitaux et mentaux par les combinaisons *sui generis* d'où ils résultent. C'est la seule marche que puisse suivre la science. Ce n'est pas à dire que, entre ces différents stades du réel, il y ait des solutions de continuité. Le tout ne se forme que par le groupement des parties et ce groupement ne se fait pas en un instant, par un brusque miracle; il y a une série infinie d'intermédiaires entre l'état d'isolement pur et l'état d'association caractérisée. Mais, à mesure que l'association se constitue, elle donne naissance à des phénomènes qui ne dérivent pas directement de la nature des éléments associés ; et cette indépendance partielle est d'autant plus marquée que ces éléments sont plus nombreux et plus puissamment synthétisés. C'est de là, sans doute, que viennent la souplesse, la flexibilité, la contingence que les formes supérieures du réel manifestent par rapport aux formes inférieures, au sein desquelles, pourtant, elles plongent leurs racines. En effet, quand une manière d'être ou de faire dépend d'un tout, sans dépendre immédiatement des parties qui le composent, elle jouit, grâce à cette diffusion, d'une ubiquité qui la libère jusqu'à un certain point. Comme elle n'est pas rivée à un point déterminé de l'espace, elle n'est pas asservie à des conditions d'existence trop étroitement limitées. Si quelque cause l'incline à varier, les variations rencontreront moins de résistance et se produiront plus aisément parce qu'elles ont, en quelque sorte, plus de champ pour se mouvoir. Si telles parties s'y refusent, telles autres pourront prêter le point d'appui nécessaire au nouvel arrangement, sans être obligées, pour cela, de se réarranger elles-mêmes. Voilà, du moins, comment on peut concevoir qu'un même organe puisse se plier à des fonctions différentes, que les différentes régions du cerveau puissent se substituer les unes aux autres, qu'une même institution sociale puisse successivement remplir les fins les plus variées.

Aussi, tout en résidant dans le substrat collectif par lequel elle se rattache au reste du monde, la vie collective n'y réside pas cependant de manière à s'y absorber. Elle en est, à la fois, dépendante et distincte, comme la fonction l'est de l'organe. Sans doute, comme elle en sort - car autrement d'où viendrait-elle ? - les formes qu'elle revêt au moment où elle s'en dégage et qui sont, par suite, fondamentales, portent la marque de leur origine. C'est pourquoi la matière première de toute conscience sociale est étroitement en rapport avec le nombre des éléments sociaux, la manière dont ils sont groupés et distribués, etc., c'est-à-dire avec la nature du substrat. Mais une fois qu'un premier fonds de représentations s'est ainsi constitué, elles deviennent, pour les raisons que nous avons dites, des réalités partiellement autonomes qui vivent d'une vie propre. Elles ont le pouvoir de s'appeler, de se repousser, de former entre elles des synthèses de toutes sortes, qui sont déterminées par leurs affinités naturelles et non par l'état du milieu au sein duquel elles évoluent. Par conséquent, les représentations nouvelles, qui sont le produit de ces synthèses, sont de même nature : elles ont pour causes prochaines d'autres représentations collectives, non tel ou tel caractère de la structure sociale. C'est dans l'évolution religieuse que se trouvent peut-être les plus frappants exemples de ce phénomène. Sans doute, il est impossible de comprendre comment le panthéon grec ou romain s'est formé, si l'on ne connaît la constitution de la cité, la manière dont les clans primitifs se sont peu à peu confondus les uns dans les autres, dont la famille patriarcale s'est organisée, etc. Mais, d'un autre côté, cette végétation luxuriante de mythes et de légendes, tous ces systèmes théogoniques, cosmologiques, etc., que construit la pensée religieuse ne se rattachent pas directement à des particularités déterminées de morphologie sociale. Et c'est ce qui fait qu'on a souvent méconnu le caractère social de la religion : on a cru qu'elle se formait, en grande partie, sous l'influence de causes extra-sociologiques parce qu'on ne voyait pas de lien immédiat entre la plupart des croyances religieuses et l'organisation des sociétés. Mais, à ce compte, il faudrait également mettre en dehors de la psychologie tout ce qui passe la pure sensation. Car si les sensations, ce fonds premier de la conscience individuelle, ne peuvent s'expliquer que par l'état du cerveau et des organes - autrement, d'où viendraient-elles ? - une fois qu'elles existent, elles se composent entre elles d'après des lois dont ni la morphologie, ni la physiologie cérébrale ne suffisent à rendre compte. De là viennent les images, et les images, se groupant à leur tour, deviennent les concepts, et, à mesure que des états nouveaux se surajoutent ainsi aux anciens, comme ils sont séparés par de plus nombreux intermédiaires de cette base organique sur laquelle, pourtant, repose toute la vie mentale, ils en sont aussi moins immédiatement dépendants. Cependant, ils ne laissent pas d'être psychiques ; c'est même en eux que peuvent le mieux s'observer les attributs caractéristiques de la mentalité [1].

---

[1] On voit par là quel inconvénient il y a à définir les faits sociaux : les phénomènes qui se produisent dans la société, mais par la société. L'expression n'est pas exacte; car il est des faits sociologiques, et non des moindres, qui sont les produits, non de la société, mais de produits sociaux déjà formés. C'est comme si l'on définissait les faits psychiques ceux qui sont produits par l'action combinée de toutes les cellules cérébrales ou d'un certain nombre d'entre elles. En tout cas, une telle définition ne peut servir à déterminer et à circonscrire l'objet de la sociologie. Car ces rapports de dérivation ne peuvent être établis qu'au fur et à mesure que la science avance; quand on commence la recherche, on ne sait pas quelles sont les causes des phénomènes qu'on se propose d'étudier et même on ne les connaît jamais qu'en partie. Il faut donc bien limiter d'après un autre critère le champ de l'investigation, si l'on ne veut pas le laisser indéterminé, c'est-à-dire si l'on veut savoir de quoi l'on traite.

Quant au processus en vertu duquel se forment ces produits sociaux du second degré, s'il n'est pas sans analogie avec celui qu'on observe dans la conscience individuelle, il ne laisse pas d'avoir une physionomie qui lui est propre. Les combinaisons d'où sont résultés les mythes, les théogonies, les cosmogonies populaires ne sont pas identiques aux associations d'idées qui se forment chez les individus, quoique les unes

Peut-être ces rapprochements serviront-ils à faire mieux comprendre pourquoi nous nous attachons avec tant d'insistance à distinguer la sociologie de la psychologie individuelle.

Il s'agit simplement d'introduire et d'acclimater en sociologie une conception parallèle à celle qui tend de plus en plus à prévaloir en psychologie. Depuis une dizaine d'années, en effet, une grande nouveauté s'est produite dans cette dernière science : d'intéressants efforts ont été faits pour arriver à constituer une psychologie qui fût proprement psychologique, sans autre épithète. L'ancien introspectionnisme se contentait de décrire les phénomènes mentaux sans les expliquer ; la psychophysiologie les expliquait, mais en laissant de côté, comme négligeables, leurs traits distinctifs, une troisième école est en train de se former qui entreprend de les expliquer en leur laissant leur spécificité. Pour les premiers, la vie psychique a bien une nature propre, mais qui, la mettant tout à fait à part dans le monde, la soustrait aux procédés ordinaires de la science ; pour les seconds, au contraire, elle n'est rien par elle-même et le rôle du savant est d'écarter cette couche superficielle

---

et les autres puissent s'éclairer mutuellement. Il y a toute une partie de la sociologie qui devrait rechercher les lois de l'idéation collective et qui est encore tout entière à faire.

pour atteindre tout de suite les réalités qu'elle recouvre ; mais des deux côtés on s'entend pour n'y voir qu'un mince rideau de phénomènes, transparent au regard de la conscience suivant les uns, dénué de toute consistance suivant les autres. Or de récentes expériences nous ont montré qu'il fallait bien plutôt la concevoir comme un vaste système de réalités *sui generis*, fait d'un grand nombre de couches mentales superposées les unes aux autres, beaucoup trop profond et trop complexe pour que la simple réflexion suffise à en pénétrer les mystères, trop spécial pour que des considérations purement physiologiques puissent en rendre compte. C'est ainsi que cette spiritualité par laquelle on caractérise les faits intellectuels, et qui semblait naguère les mettre soit au-dessus, soit au-dessous de la science, est devenue elle-même l'objet d'une science positive, et, entre l'idéologie des introspectionnistes et le naturalisme biologique, s'est fondé un naturalisme psychologique dont le présent article contribuera peut-être à démontrer la légitimité.

Une transformation semblable doit s'accomplir en sociologie et c'est justement à ce but que tendent tous nos efforts. S'il n'est plus guère de penseurs qui osent mettre ouvertement les faits sociaux en dehors de la nature, beaucoup croient encore qu'il suffit, pour les fonder, de leur donner comme assise la conscience de l'individu; certains même vont jusqu'à les réduire aux propriétés générales de la matière organisée. Pour les uns et pour les autres, par conséquent, la société n'est rien par elle-même ; ce n'est qu'un épiphénomène de la vie individuelle (organique ou mentale, il n'importe), de même que la représentation individuelle, d'après Maudsley et ses disciples, n'est qu'un épiphénomène de la vie physique. La première n'aurait d'autre réalité que celle que lui communique l'individu, comme la seconde n'aurait d'autre existence que celle que lui prête la cellule nerveuse, et la sociologie ne serait qu'une psychologie [1] appliquée. Mais l'exemple même de la psychologie démontre que cette conception de la science doit être dépassée. Au-delà de l'idéologie des psychosociologues, comme au-delà du naturalisme matérialiste de la socio-anthropologie, il y a place pour un naturalisme sociologique qui voit dans les phénomènes sociaux des faits spécifiques et qui entreprenne d'en rendre compte en respectant religieusement leur spécificité. Rien donc de plus étrange que la méprise par suite de laquelle on nous a quelquefois reproché une sorte de matérialisme. Tout au contraire, du point de vue où nous nous plaçons, si l'on appelle spiritualité la propriété distinctive de la

---

[1] Quand nous disons psychologie tout court, nous entendons psychologie individuelle, et il conviendrait, pour la clarté des discussions, de restreindre ainsi le sens du mot. La psychologie collective, c'est la sociologie tout entière ; pourquoi ne pas se servir exclusivement de cette dernière expression ? Inversement, le mot de psychologie a toujours désigné la science de la mentalité chez l'individu ; pourquoi ne pas lui conserver cette signification ? On éviterait ainsi bien des équivoques.

vie représentative chez l'individu, on devra dire de la vie sociale qu'elle se définit par une hyperspiritualité; nous entendons par là que les attributs constitutifs de la vie psychique s'y retrouvent, mais élevés à une bien plus haute puissance et de manière à constituer quelque chose d'entièrement nouveau. Malgré son aspect métaphysique, le mot ne désigne donc rien qu'un ensemble de faits naturels, qui doivent s'expliquer par des causes naturelles. Mais il nous avertit que le monde nouveau qui est ainsi ouvert à la science dépasse tous les autres en complexité ; que ce n'est pas simplement une forme agrandie des règnes inférieurs, mais que des forces y jouent qui sont encore insoupçonnées et dont les lois ne peuvent être découvertes par les seuls procédés de l'analyse intérieure.

Fin